遠葬

萩野なつみ

思潮社

遠葬

萩野なつみ

思潮社

眠るだけ眠りなさいな
夕立にあゆみを止める夏の日時計

目次

装幀　カニエ・ナハ

遠葬

朝に

百葉箱のしろさを
おぼえていますか、あの
伸びきったみどりにかこわれた
少しくさりかけた足と
すずやかな　夏

仄暗い
抜け道を知っていた

岩場で切ったあしうらの
赤はサンダルの模様に
まぎれて消えた

うごけないでいるのです、
手の先に海
明け方にやわらかくしばられて
（音楽）
おぼれることを
わたしは望む

ととのいすぎた呼吸の
あいま　あいま
気管をすりぬけるように

蜩が鳴いている
からだの奥で

百葉箱をぬける
風がまなうらをしめらせる
しろく改行されてゆく
朝を　沈めて

真昼

待ちわびている

そこかしこに、見知った指が散っていて
示すものもない
生き延びたことがすべてと
かたる
まひる
あなたのそぶりは

なにもなしえないから
葉桜の下
ずれてゆく無数の眠りを
ゆるすことに専念できる

たどりつくために

鳴らしてはならないのです
唇を
目蓋を
どうかそのまま
やがてまた春に帰着する
その途上でひそかに手折る茎から
たちのぼる潮騒に

いっときは
歩をゆるめてもよいけれど
裂かれてゆくもの

あなたには
繰るべき頁があり
季節はいつも
肺に挿した栞の
おもてを反射しては過ぎる
いびつな堤防がひたすらにつづく
あおい腕の中で
何度も嘔吐してはわらう
きらきらと

まひる
葉桜の下
わたしたちのために
ささげられるまあたらしい喉

半夜

その頬に
夜とわたしが触れる

街灯が燃やす虫
錆びた棘
はぐれた音符

微風が運ぶ誰かの骨

*

交わしたのは
忘れられるため
咳き込んで
呆れ返った
耳殻の奥に
等間隔に海を置く

奪おうと思い
安らかに裏切られ
雨はまた

灯台をけぶらせる

＊

焦げ付いたまどろみに
訪うものはなく

手探れば
くたびれた尾びれ
寄せて
引き剝がす
気配すら失せて
もうここには

もう
ここには

*

遠い喧騒
どの夜にも
傾かない背で
あなたは

野ざらしの余白の中
窓のように目覚めている

晩夏

かぼちゃを煮る
支配されたがっていたあしゆびは
とうに埋めた

おまえ
名指しで
粘液をひらかないでちょうだい、
そのタイピンのみにくいこと。

白の午後。または午後の葬列。

はらわたが
彗星を招き入れるさまを
じっとみているがいい、カワセミ
それを抱くおまえ
さらけだすことなど
肯定でもなんでもない

ささくれた菜箸で
つぶさに夏を看取る
伸びすぎた前髪からしたたる
なむあみだぶつ。または鮮血。

爪を欠いた右手で
やわくつかむ死骸は
ほうかい、とうたいながら
サテライト
おまえの肌は
陰るのをよしとしない

かぼちゃを煮る
散骨をするように
黄色い断崖にはらはらと砂糖をふりかける

ほら
いつかわらいながら踏んだ
光ってやまない吐瀉物

偏西風はあらゆる虚をうちぬいて
だからカワセミは
そんなにもしずかだ

あまく
あまく煮る

おまえ
ゆびを差し入れなどするから
皿に盛られることになる
あえかな断章
場違いな形見分け
くちることなど
賛美でもなんでもない

姿勢をただして
くつくつ、と
夏とおまえを縫合する
黄色い膿が
こうばしく沈澱して

もっと
歌えばよかった

遠雷

墓標が欲しくて
爪の先を
青く塗ってしまいました
むかし、子宮にいたころに

窓は閉じているから
置き去りにされた夏の、
手足のないつるんとした

ぬけがらが、雨に濡れるさまがみえる
遠ざかるものしか
わたしはしらない

ねむりたかったわけではなく
ねむらせたかったわけでも、なく

遠雷
だれかが
なにもないところを引っ掻く音が
きこえる
閉じられた部屋でわたしの、
内側に打ち立てられた
ふかい群青の旗が

風もないのにはためいている
じきに、雨は止むとしても

＊

九月

ひとつ、ふたつ
かさばるから、と
置いてゆかれたのはそう、
あれは九月

ここにいたの
なにを　していたの

といかけのあとさき
くれのこるゆうべの

めぐらすおもいの
穂先にふくまれたいつかの
声、声、
あのふしばった、てのひら、

よるべなくそれは
風化してゆくまえの
ひとつの、白描
ひとつの、白描

水脈

くるぶしを舐めれば
ひやりとしていて

呼びかけると
あなたは少し咳をして
うすく
窓のそとを見る

こんこんとねむる
だれかのあしさきが
あなたもいとおしいのか
ひたされてゆく
わたしに尾びれはなく
未明の町に満ちる
水音を聴いている

ひらかれたまま
沈む街路樹の
さざめくゆくて
継がれるまたたきと
ただそれだけの呼び声と

もうなくしたもののため
ひとはひとの水脈に添う
裂かれて
また満ちて
言葉は鱗となり
その軌跡のはるか底に
ねむるいくつものあしさき

在ることのかなしみを
くるぶしに溜めて
わたしの舌を待ついのちの
遠い水を辿る
窓のそとには

しずかに
しらじらと
金星が死んでいく

初冬

湾岸線に
あかく連なるひかり
果てを
埠頭からみている

はなしをしよう
まだ降らない雪のこと
のびた前髪のこと

剝がれ気味の絆創膏のこと
ランドリーに残してきてしまった
くたびれた下着のこと

凪いでいるのだろう
暗い水のうえに
しんと立つ橋の
明滅する輪郭と
対岸の
きらびやかなさざめきと

いのちは足先から冷えてゆく
たちのぼる
わたしたちの熱と

さやかな星座とのあわいから
降りくるもの
水でも氷でもなく
わずかな燻臭をはなつ
骨の断片

湾のふちを
あかく列をなして
なぞるひかりの
ゆくさき
語られぬまま見送られることの
まぶしい淋しさを
わたしたちは知っている

あした
いくつの生が
いくつのほころびが
この町に眼をひらくのか

雪を待つ
それぞれの果てで
火にくべられるものを
みている

はなしをしよう
地に足をあたためながら
ひとには
帰途しか用意されていないから

冬

暁に漂着した
見覚えのある筆跡が
とぎれとぎれ　に
揺り起こす体温

冬
堤防の向こう
すべての今はこごえて

うちよせる
静止画はふかい群青

遺書、
だと言う
わたしの中の
かつてわたしだったものが
過ぎてゆく風の
くちびるを借りて

おしなべて
生きるものは過ぎてゆく
読点のたびに息をひきとり
読点のたびにめざめる

ときどき
ちいさくあいしては
ちいさく　わかれる

胸腔を満たす
凜としたさざなみから
逃れることしかできなくて
いまひとたび、眼を閉じれば
なにもかもがほどけて
朝が来る

暁に漂着した
懐かしい誰かの欠片を
手放す前のひとときを

ふりあおいだ
まなうらの雲海に

めざめてもなお
めざめてもなお

筆跡が
はるか尾をひいて
やまない

遠葬

剝がれおちるばかりだ

いたずらに雪、
義手の林におまえが降らせて
うすくわらう（ただいま）

いたずらに薔薇、
義眼の海にわたしが撒いて

とほうもなく燃やす（おかえり）

平等に嚙み砕かれた道筋の、そのはたてに、
立ち竦む喪主の。定められたとおりの手順で、
切り落とした肺葉に浮かぶ影、おまえの。

息継ぐそばから
刻まれるポラリス
黙することを選んだ代償に
（冷えたでしょう）
食卓にならぶあたたかな腑

近づいてくる
生きて

あるいはくずおれて
緩慢に包囲された
水平線と背骨しか見せずに
嗚咽をにじませた付箋紙、
しらぬまに
星座盤にうすく貼られた瞼から
みずがつたう

（こぼさないで）

一切の仮象はおまえの、
ふるえをやめたのどにくぐまり
ひとつの地平になる
爪と

それから無数の網膜だけで
きらきらとしめっていて
あとはもう
剝がれおちるばかりの。

口をぬぐえば呼気に混じるビオトープ、ここ
ろみに詩。さいはて、と書きかけてやめたま
ま、おまえは黒い服を脱ぐことはない。

（もうおやすみ、）

飼い馴らされた空隙に
喪主を呼ぶ声だけが満ちてゆく

雪葬

果てなく

わたしたちがこれまで行き過ぎた野に
幾筋の煙が立っていたろう
呼び戻した瞼の一枚一枚に
ひそやかに息づく雪原がある

その真中を
ひときわ高くのぼる白煙

しろく、わたしは赦していた、あきらめていた。あなたの爪にしずまる水平線に、わたしの金星がのぼる、その過程だけを夢見て、黙していた。すべての名は名をなくして、風をただまとうのみ。

こごえたあなたの外耳をつたい
一匹の蛾が溺れながら
その翅の軌跡で
わたしたちの告解の濃度を

いっしんに記譜してゆく
もうここにはない双眸に
乞われるままに

白のさなかに生まれる
さかしまな明滅に
たった一度身をあずけた
そのふもとに荷を下ろし
熱を剝いで、うつむくこと
ひび割れた肩に
朝焼けだけを引き込むこと

いつか　ふかぶかと
日々と空とのあわいまで

縫われてゆくだろう肯定と
まだ伸びる
まだ満ちる
荒涼、荒涼、荒涼

ひくく、わたしは祈っていた、めざめていた。あなたの掌にいまにも絶えようとする翅から、暁風がやまず胸をふさぐ。なにも見えない、なにも聞こえない、ふたたびまたねむるまで。

反射する音階はふるえ
わたしのあしうらをとどめる

高みへとのぼる煙が
もどらぬために地平はひろがり
名はそうして
手向けられるのを待っている
果てなく、

わたしの雪はもう
あなたの朝には降らない

＊

産道

わたしは貝を拾う
母の手をひいて

しめりはじめた季節に
れんめんと横たわる
うすあおい渚
雨は絶えずそぼ降り
ひとひとりいない

母とわたしの
かすかな呼気が
風となり
しるべとなり

母は何かを話す
わたしはそれを書き取る

そして　いつか
零れた詩の外側
わたしたちの内側に
降り積もる余白を思う

その奥で　かつて

春を
春と名付けたものの
まなざしを思う

真夜にも
幾多の爪先が辿ってきた
みちすじを思う

いつだって
生まれないものを孕みたくて
しずかにあきらめていた
母の手を
ひいて

わたしは渚をたどる
とおく
産声のようなものを聴く

あ、　と
ふりかえると　もう
母は風に溶けているのだ

幾度も
いくども

わたしは貝をひろいながら
産道のようにやわらかな雨のさなかで
母とわたしの

余白ににじむはずだった
いくつもの詩語が
みちのようにほどかれて

とこしえに
春のように
言葉でなくなってゆくさまを
みているのだ

春葬

（海図にしずもる猫の眼の、）

改行を繰り返しながら
おまえのうつくしい帆がすべってゆく
その過程に
こまやかな雨がそそいでいる
すでに削がれた踵を
四分儀にして

北へ

深爪が癒えてのち
うしなったもの
潮風が絶えず抜けて
気道は錆びるしかない
つむじから降りてくる猫のあしどりを
鼓膜で孵した

（さいはてで鳴く、
と　のこして

奥へ
もっと呼んで

開け放たれた航路に
腐臭を放つ鱗が乱反射して
(食い散らかされた
(あれはおまえの文字
みずのない海底には
ひとをひととして生かすために
黙禱がふり積もる

風をなくしても
筆圧が地平をかたどるから
おそれはしない
帰途のように編まれた
からだの
いたるすきまから銀河がこぼれる

（改行、
帆はすすむ

いっぽんの
樹木
猫の眼の奥にそれは立ち
うっすりと雪をまとい
海図をうるおわせている
（黙したままで
おまえのあいしたもの
おまえのわすれたもの
それゆえに息をするもの
帆は
北へ

離散した鱗を集めて
なお遺書をしたためようとする
おまえの海馬に
もうこれは
春の雨なのだと告げると

（改行、）

迷い無く
猫は跳躍して
波頭に消えた

pray

にごらぬように
ひそめる息の
起伏に沿い
あなたの書き起こす
譜面にふれる

雨

＊

しらず
ひえゆくものと
それゆえに
いのちをもつものと

遠いねと言う、その舌のはるかさ

火は
未明
未生のまま

それぞれの手指を濡らす

＊

ゆるすことは
ひとりになること

だから
さきざきまで見通していた
しのつく雨さえも
あなたの祈りであったこと

＊

海へと落ちる
その断崖の上から
さしのべられるもの

春

いつか燃される耳を
あなたへと向けている

春

浄水塔の白、
掬いきれなかった春が
しずかに反射している

きみは自殺を考えたことがある
ひかりの中で
それはとてもあかるく
はなうたさえ歌いながら

河沿いのさくら、
みずいろをはらみ
空にならんで

そのうちのひとつに取り付き
しばらくじっと考え込み
きざむ言葉がみつからないのだと
きみは
やわらかく
ないた

浄水塔の白、
河沿いのさくら、

ひかり
惜し気もなく
はねて、

かすかな倍音で
おとずれる季節に

ふりしきるものを
ふりしきるものを
わたしたちは
みている

花信風

Ⅰ

あなたの

わずかに伸びた爪から船が発つ気配がして、背骨をさぐる。そこここに点在するうつろな呼気の裂け目に足をひたせば、近く、真昼の葉ずれのような声で渡される無彩色のわかれ。舌にのせたままの明星を合わせて、うすくわらうあなたの、まなうらに明滅する春にいる。

覆せないもの。ここにいてここにいない、息詰まるような睡りの中で、しんとはためく旗をみる。あるいは、と呟き手を延べる、あるいはそう、産道から産道へと続くかりそめの路地を、しんしんと濡らすあなたの声。重なりあうひかりの、あるいは影の、断層の中で。

ええ、そうでした
傷ひとつなく
沖へ向かう船がありました
目を伏せるようにして
凪をすべってゆきました

砂丘には
鈍色の天球儀が
ひび割れて転がってありました

続くものしかなく
あなたの耳は
おだやかな錯誤を起こして
だれも封じ得ない歌を
ただ受け止めておりました

*

避けようとしても
立ち上がるまなざしに

ふかく蒼い定点を打ちながら
夜鷹が鳴き過ぎてゆきました

注がれて
また離れて
あくる日も

丘には羽虫が飛び交い
なにも記されない碑が並び
ただ陽を照り返して
しずけさに息をしておりました

金色の艪が片方だけ
もうじきやってくる霧の

底に横たわってありました

花が顕れて、また消える、そのせつなをとこしえと呼ぶ。数多の指が差し入れられて、等しい濃度の煙が立つ、そのさまを、離れた場所でみていた。家々の灯りはとうに消え、ゆえに浮かび上がる地平に、惜しむようにあなたの雪が降る。ひらけてゆく朝、あなたの。

Ⅱ

わたしの

髪をつたう陽の粒を、どうか疎まないで欲しい。折りたたまれた冬の、羅針盤を狂わせる食卓の湯気。セスナが一機、どこか遠い土地に降り立つ、その束の間に約した夢をまだみている。霧散した名ばかりがきれいだ。夜も朝もなく、咽喉を軋ませるわたしの淡い祈雨。架け橋として。そして最後の風として。腐敗してゆくものの秩序を、やわらかく包む繭でありたい。何に似て、また、何に見放されて。道の涯に記譜されるみどりの火は、いっさいの影を持たず、わたしの散らした手紙の余白のみを燃してゆく。産み落とされる、遠雷。

その窓から見た街並みは
陽を受けて
とてもきらめいておりました

轟音を立てて
わたしに似た影を運ぶ翼は

ゆるやかに旋回したのちに
おおきな雲にのまれて
やがて見えなくなりました

火と水との交配は
掌の上でしずかに執り行われ

わたしのまなぶたには
湿ったひかりがさすのみでした

*

壁にかけられた

日めくりの向こうで

熟した木の実に
白いナイフが入れられて
うつくしい指が
それを潰すのをみておりました

洗いざらしの木綿の衣服と
揺らされたままのぶらんこと
列をなす碑と
橙の傘と

風はなく

どこからか血の匂いが満ち
やわらかく
野花を枯らすのを見届けて
わたしの睡りはふかくなるのでした

閉じられた霊廟に遠い夕立が降る。毛布にくるまり、そのあかるさを思う。供された腑から立つ虹のたしかな残像を胸に、手という手が放擲した文字を拾ってゆく。わたしの文字。虚空には水紋が刻まれ、うすく火をのせた常緑樹が、息を止めたまま街道に目覚めている。

Ⅲ

そうして

透き通った鷗が航路に産みつけた卵を、わたしたちの腕が孵す。のびやかな旋法で春は呼び込まれ、その外側をまなざして、あなたはだれかの名を呼ぶ。わたしはレースを編みながら、その声をなつかしく聞いている。雪も雨も降らず、ただ風が吹いていて、あかるい。

一本の樹の根元に手向けられた野花の、白い花弁の奥で、帆と翼の気配がとおく交わり、わたしたちを振り返らせる。うねるように続く線路は海に沿い、切り立った崖には、無数の日傘が水平線に向かい開かれている。人はいない。歌が響く。わたしたちの春の外側で。

透過された
午後のひかりが
それぞれの肌に浮き沈む

取り残された記憶と絡み合い
やがて消えて

交わしたもの
流れるもの
うつろいの

やわらかな草の芽を踏みながら
わたしたちは声を重ね
名を重ね

満ち引く微熱を
来し方に見送りました

＊

あなたの浮かべた明星が
消えずにあること
ゆえに

わたしの睡りが
いつまでもふかくあること

編み終えたレース越しに
さざめく海を見やれば
いつかの街並みが

はるかな喧騒と共によみがえり

わたしたちは
風に散らばる日傘を
ひとつひとつていねいに閉じて
かなたへと放るのでした

青空のまま、日々を纏った俄雨が航路をひととき包み、拾われずあった文字を濡らす。ほとびて、碑には何も記されぬまま。わたしたちの春の外側にも春がひろがり、忠実な羽音によって象られる陰影。惑い、在り、春と春のはざまに、わたしたちの歌がまた春を孵す。

汽笛はもう、聞こえない。

*

風紋

音もなく
零れる砂に
まなざしを沈め

乞うように
あなたはうたう

夕闇

*

重ねては
光をなくし

途絶えたまま
紡ぎ合うおろかさ

傘の内側にのみ
言葉は宿り
あなたの腕は　いまだ
盲目のまま

繭のようなしじまを統べている

*

やわらかな不在に
ひたされていた
いつも

風紋は弧を描き
声を綴じ込み
はぐれた祈りも
やがて
夢の気配に砕けていく

＊

虹彩は砂の色をして

手を振れば
発光すること
さみしく
不揃いの歯が
果実を砕き
雨期がはじまる

葬列

雨に濡れた明朝体のような
あなたのてのひらで
さやさやと海をやどす桃の実と

どこからか
うちよせる
まひるまの
葬列

泳げないわたしのために
あなたが桃にナイフを入れるたび
潮騒がこぼれるものだから
白く染まる爪先と
わたしの髪と

馥郁とした香気を
どうすることもできずに
ほそく
煙があがるさまをみていた
あれは
あるいは

あかるい葬列
しらぬまに
また　ほどかれるまで

乾ききらない髪を
金星の方角になびかせて
茶毘に付されるだれかをおもった
まひるまの、

あなたのてのひらがなぜる、白い
墓碑銘と
わたしと
桃の実と。

夏葬

扉などあってもなくてもよくて、
それはわたしの静脈が
さくばん死んだ蛾の鱗粉で
みたされるのとおなじこと。(こうこつ、
通り抜ける、みどりの、さけび
それは　あした
砂丘につづく列車に
骨壺をだいてしずまる

みしらぬいのちとおなじこと。

（おまえが子宮の底で
描きちらかした空と海とは
行き場のないほどにあふれて。
飲み込まれる寸前にのばした腕に
からみつく蟬時雨。
生まれたいいっしんに
夏を呼び込み
おまえの鼓動はとまる。

投函された
真っ青な不在票と
わたしの内壁にみちる、原色の、

残照。　　　／いま
生まれるためには
なにも狂気がみえないうちに。
そうして鉄塔だらけの街で
たからかに
燦然と
掻き出される虹。

（夏、が
子午線をくだり
可能性のすべてを奪い去るまで
おまえの舌先にのこっていた、みどりの
陽光　／あかるい、ほう、へ、
わたしの体表にあますところなく

突き立てられるさけびに
みじろぐ必要はない
なぜなら、

ごととん、
揺れる揺れるわたしたちが揺れないことなど
あったろうか、　骨壺にみちる
不在
たおやかな手つきで
つつみこむあれは誰（めしいて、　いる、
窓に吹き付ける砂のむこう
誘蛾灯にちぎれる翅
うるむ　しおさいの　輪。

（いつも
目ざめれば夏の、ただなかにいて
おまえののこしていった
ついに触れられなかったものだけが
燃え立つような紅をたたえて
まひるのリネンにみちているのだ、

（あの鉄塔のふもとで
搔爬されたのはわたし
わたし?）／／目ざめれば夏の、
ただなかにいて。

薄明

だれの息か
だれの声か

踏みしだかれた葉脈の
かすかな熱の記憶を
まなうらにのぼらせる

なにものも名指さない

整然とただ
石碑のならぶ丘に
空は白み
風は去り
いたむ膝をかかえて
気づけば
ここに帰っている

ひとつの火があり
父母のようでも
恋人のようでもある指が
なにかをくべては消えていく
火はときおり
思い出したように小さく爆ぜては

眠るように燃えている

わたしは心地よく疲れている
もうのこすものはない
そう感じながら
とおい港のことをおもう
ゆるやかな風に
やがてめぐらされるさざめき

指がわたしに触れる
だれかがうたっている
足元でぱきぱきと音を立てる
骨のように白い枝を手に
わたしは火の方へゆく

どこからか花が降る
見たことのないさまざまな
けれど
わたしはすべての名を知っている

だれの息か
だれの声か

朝は
手向けられ
朽ちるまでの
ながい刹那に
寄り添うようにひらかれていった

渚

水門のむこうに
乱反射するまひる
遮るもののない青
もし
言葉を持たない遺書があるなら
この景をあなたにおくる

なにに似た微熱をたずさえ
ひとはゆく
日照雨の気配に
わずかに振り向きつつも

問いは
歳月の内側を
つつましい呼気で埋めるから
わたしたちの耳は
帰路を知らない浜風として
いつか未明に向けられる

違えながら
ともに紡ぐふかさに

呼び合わず目配せもせず
膚がすこしずつ
焼ける速度を増すさまを
ただひとつ
いとおしいことと思って

語りえないものを
互いのくるぶしにしまい
さらわれるのを待つように
渚をあるいた
だれかの夜更けに
とどくものもあるだろう
あかつきに鈍く瞬きながら
消えるものもあるだろう

手すさびに
あなたの髪を指に巻けば
ゆるくたわむ夏のひかり
どうしてきらえようか
ひとを
あなたを

遠葬《えんそう》

著者
萩野《はぎの》なつみ
発行者
小田久郎
発行所
株式会社思潮社
〒一六二―〇八四二　東京都新宿区市谷砂土原町三―十五
電話〇三（三二六七）八一五三（営業）・八一四一（編集）
ＦＡＸ〇三（三二六七）八一四二
印刷・製本所
三報社印刷株式会社
発行日
二〇一六年九月二十五日第一刷　二〇一七年四月二十五日第二刷